據北京大學圖書館藏明嘉靖八年刻本影印原書版框高十八釐米寬十三.四釐米

據北京大學圖書館藏明嘉靖八年刻本影印原書版框高十八釐米寬十三·四釐米

蔡羽字九逵居吳縣包山自號林屋山人為人高朗疎俊聰警絕人少失怙母吳氏親授之書輒能領解年十二操筆為文有奇氣稍長盡發家所藏書讀之為文必先秦兩漢詩早歲微尚纖縟既而滌除靡慢一歸雅馴晚更沉著時出奇麗見者謂雖長吉不過乃大悔恨曰吾詩求出唐晉上今乃為李賀邪其自標表不肯屈抑如此羽故邃於易為程文以應有司閱四十年不售嘉靖甲午以貢赴選部卿雅知其名曰此吾少日所聞蔡羽今猶滯選調邪奏授南京翰林院孔目居三年致仕歸卒所著有林屋集二十卷殊為可寶 錄文徵明誌

林屋山人自序

古之言者必有得有所得而不言與無所得而言均非也山人非有得也言如不容已於戲不能無感者情也動於中形於外言辭也若鳥於春若蟲於秋動有由來不自知也紀綱有無是謂志述原厥成敗是生議論管乎人情陳其巨細是分風雅其義炳於六經紹於諸子上爲列星下爲流峙謂學道不學文非四教之意謂文不言體非六義之訓是故其局雖殊其宗未嘗異焉經者微之傳者顯之微者引之顯者緯之故得其趣則千載同志亡其的終身取盲是故學不可以不慎也意不待言何憂乎拙言不自足何害乎聽語人以代非知言者也寓言于迹當求諸言外山人方十齡從毋氏學歌詩弱冠喜聲律爲文章喜波瀾踰四十盡棄前好然局與歲更竟逮于老自謂茫無歸縮俯仰首浩歎有詩賦八百首文幾二百首爲友人所刻言不自

知君子憫焉山人姓蔡氏名羽字九逵居于林屋山中故稱林屋山人又稱左虚子嘉靖己丑三月朔日書

御君子闕書山人姓蔡氏名羽字九逵居于林屋山中故稱林屋山人又稱左虛子嘉靖己丑三月朔日書

林屋集目録

林屋集目錄

卷之一

廣州賦　哀相逢賦　仙山賦

松匪賦　王賦　桐子池賦

卷之二

閒居十首　冬[illegible]四首　志內三首

志外居二首　把酒有懷　[illegible]井城閶

續來寓三首　姑蘇臺懷　宗沙女

續異域　奉陪太傅王公　諸練讀汶井二首

梓公諸天目　春盡虎丘　諸友汶角石湖

發書口　同諸子上方西閘

暑夕　山居二首　閶曉

七夕　野興　與客至林屋洞

讀[illegible]平下院　秋日　元和道院

過東禪二首　京[illegible]　半塘寺

朝[illegible]　秋盡　城新秋

谷口　初夏山居二首　城南諸寺

大雪有感　春朝　從軍三章

川上　春館　客夜

寶閶門城樓　天平山諸公祠

與[illegible]歌　館娃宮　月下一首

林屋洞　觀海寺　點方寺

與徐十縣宿青白河　吳門雜詠四首

卷之三

郭宗鑑 | 韓宗鼎 | 王僕古主館
秋夜西齋 | 贈伍嶠 | 由南峰入天池
對月二首 | 懷美人 | 觀瀾閣對金山
江上 | 横塘 | 贈陳存問兄弟
秋泉 | 江上晚來山 | 婕妤曲
千佛閣 | 春日思家 | 阜橋
相逢 | 杏花深處不門 | 生
寓韓承宗 | 問君 | 玄洲贈湛先生
長門歌 | 五月 | 贈中書
桑乾河 | 龍江驛夜發 | 梅月中秋歌
病馬 | 夜不枝 | 雁門十首
洛院 | 晚起 | 早春二首

目錄　二

擣衣 | 桃花發 | 秋日趙來溪
峨嵋謠 | 樂遊苑 | 清涼臺
秋日 | 芳草 | 送師劉
扇 村舍 | 雜詩竹園 | 春日虎丘
春陵篇 | 靈谷寺 | 出朝陽門
九日登懷 | 寒鴻 | 入高橋門
秋日山中 | 春夜別友人 | 防秋詞

卷之三

古離別 | 懷友生 | 夏景十首 金逵次
十寶泉 | 天平山 | 秋懷
冬日夜 | 虎丘 | 暮春
秋夜 | 九江劉十同宿廬山

卷之四
橋　朝聞　興教山行二首　石湖別秦士王
古狂　十首　俸錦衣園亭五首
贈春日鶴鳴寺　報恩寺　懷舍中牡丹
晚眺宋克貞　雲後沿溪汎　春盡文墓
雨中過馬禪　虎山橋　寄錢元抑
甘露寺二首　投宿潘和甫　冊陽道中十首
晏白氏園　新師潘生露樓　寓樓春日
春去　惠山酌泉　別恨
鍾山行　王復約遺　江鏖
王儀部寄曆日　江南雁　石城晚行
來寧寺　送陳魯南　請太常馬公墓
從館　祀公集自錄　山居二
迴上館　經主第二首　王儀部見招
促織入居　朝雨　懷頓全州
逢潘子　夏日虎丘　陳蔡泉官舍
碧峰寺　校治　小春雨
春日　晚發　春日溪上
開上　贈華公　過溪千溪
下關音閣　復城潘　寄宋希直
上真宮　江上別方入　晴
北塢　寄羽士　入日友秀樓
春夜讀　春蒙　館治平庵樓
讀大雲詩　野仙林詩跋

卷之五

避暑山莊樂觀 靜海寺佛閣 秋夜泊次二首
聽音閣 觀音門 諸友[illegible]江上
天界寺 碧峰寺 林巒乃見招
王氏從適園 秋園篇 靈隱聽[illegible]
懷舊游 次高座寺 同諸子宿依園
荷葉三章 閣上 西虹橋
林日西泳 山中 鞦韆花
金陵懷友人 秋日午首 宿花岩
答陳石亭見寄 泊青山
蘭花發香 臨清 燈夕過于重
期王覽吉看花不至 春盡深山中
春集 送太原公看牡丹

龍潭道 京口舟中 過毘陵懷鄭公
烈士 送陳判官經 上巳寄文子
白蓮草堂 首 施園寺 懷太原公
天平寺 送顧愚亭 寓樓七夕
南峰 一雲寺 金山寺
荷杖燈 登虎丘 首 過陳子復
華燈花初生 三首 游棠集賞

卷之五

陳子角瀛仙遊 晉鄉鎮魚
登靈巖 芙蓉苗 感懷十首
至舍 送楊儀部入南 感春
送方侯部 感事二首 春日

酬江邊游君賦八韻　山路

灣江　春陰　登秋西山道院

入日山樓　鳴鶴臺　静觀亭

興善寺　同城今思遠亭

送吳進新　逢宗伯昭　下謂楊元仁

東府家文十首　送袁伯高　王日

懷鄉所輔二首　鐵峨草堂　入日山閣有懷

吳愁江分題為袁補之壽親　雨阻

桂子　春游

卷之六

金陵寓樓有懷五首　雲四首

閱田園五首　尊中有明月歌

秋日　所懷　新涨

出郊　畫馬歌　夏日

聞蕭　秋日訪虎丘語顧台州二首

懷葉尚宗　送張文藩　新亭懷古

清涼寺　湖送二首　聞吳嗣業亡

幽居　長安迭月　許仁佐至

石湖草堂　游千五首　西溪曲　柳

王千億吉又讀治平　山半觀消夏灣

秋景五首　正月十日　車行三首

龍泉書屋　渡江三首　雨中懷諸文

論韻可勳武祥詩　寄丘札毛紀頭

三月八日到鹿飲泉　懷鄒木訓

春晝馬禪寺　牡丹宴時賢　送王望之
長干浮圖　懷陸子玄　書懷
清凉寺二首　沈明卿至　陳秀甫載酒
贈陳督經　虎丘退居二首　吳門夏日八首
顉孫堂二首　王天文過訪　潘陳登縹緲峯
宴燕翼樓　携壺　憑虛閣晚眺
雜詩五首　泊龍江　贈陸黃門
採桑篇　虛白東堂　嚴學士鈐山堂
陽山草堂　吳東磵品悟道泉

卷之八

進酒行　送葉敦叔　送大司成崔公
采薇三首　至日集寓樓　天平山

寄吳純叔　愛日亭　暮春山居
酌憑虛閣　送金主瀛　贈王慶辛
安西路　寄王南原　百花洲
劉南坦太僕應召二首　贈陳道復
餞友　張膳部見過　送黃誠甫
送陳良用　懷朱大參　至樂樓
芳洲書屋　高郵舟中　芍藥
李翁赴池州　陸叔平見訪　未至林屋洞
柴光祿壽日　懷師古啓宏　歷歷三首
壽朱玉峰　張膳部席上　贈潘汝亨
張子餞東樓　送王履約　許彥明見過
秋日歸山二首　金陵逢吳子　贈伍水部

卷之九

卷之十一

卷之十

卷之十二

卷之十三

卷之十四

林屋集目錄終

林屋集目錄終

林屋集卷之一

廣初賦

山人蔡羽著

維金庭之鍾萃兮余實秉乎孤貞奉前脩之美躅兮溘塵蜕而楊清方勝冠而筮進兮沛余車於周京慕甘泉之諷諫兮偕楊馬以齊鳴迴帝扃之無媒兮忳鬱鬱而求退挹燕趙之清烈兮儵旋徙而濟衛西神遊於崑崙兮東寄覽於海岱亮吾道之未遐兮返上築於林丘考鴻蒙之離結兮按三古之紛糾沿殷周之哲譜兮遡鼎築之良謀固克艱厥臣兮亦何爲而何脩督余志以力追兮恒頷頷以窮年集菹蘭以爲裳兮飧璚枝以爲饘浣余體以氷雪兮濯余髮以桂荃余將嬪於帝所兮亦既得乎吉繇媒嬋媛其沸驕兮心煩亂兮日結顧謂余服太芬兮病薋葹之同列何多事乎琳琅兮奪瓦礫而不見悦安用明珠之歷歷兮俾魚目之悩悩余時亦悔於求榮溘改德以深藏撫衆芳而戚戚兮决文珮以韜光哀初心之膺胖兮夜耿耿以不寐候鷄鳴於申旦兮覺晦明之如歲夢虞廷之曼遊兮觀夔師之鼓樂群宫合而群呂交覩至德之漠漠醉余心兮飫余志感後世兮凉薄鳳何爲兮不鳴獸何爲兮蹝角角音舉兮夾鍾不應商弦叩兮凉風不作木何爲兮生介火何爲兮不明水何爲兮沸逆鉄何爲兮雷聲年無水旱兮穀何爲兮不成抑聖人之不作將天地之自窮吁嗟乎混兮闢

不戢兮聖人之不作將天地之自寧乎混兮闢兮
何爲兮沸逆鈇何爲兮靈聾半無水旱兮穀何爲兮
竹叩兮涼風不作木何爲兮生介火向爲兮不明水
何爲兮不鳴獸何爲兮踶角音樂兮火鍾不應商
銳矛德之漠漠醉令心兮放余志感後世兮京譚風
貴虞夫之曼遊兮闡睿臨之鼓樂群宮合而群呂如文
兮夜取以不淶兮帳然鳴於中曰兮覺彈而明之如應
蕭無象兮而賦兮決文明以翳光哀而改之德以羶
嘩兮俾魚目之綴嫩余時亦悔於求樂溫明珠之騫
何多年乎林珉兮奪禾樂而不見怡矣用明珠之同列
兮必酒亂兮林日結簡謂余服太谷兮病資施之同彌騰
全今將寶於帝所兮亦既得乎吉蠲棋嬋嬛其沸騰

寰兮飭精枝以爲醮兮余體以木澄兮澤余髮以桂
何脩蓉余志以以力進兮恒顧頒以以靖年其涼蘭以爲
之哲講兮遡鼎葉之夙葉固克艱厥居兮亦何爲而
葉於楸丘兮濡蒙之離結兮依三古之紛紆消陂陀
遊於莫蓄兮東寄覽於海佔亮吾道之未遠兮適
遊鬱而來遐恒樂道之清列兮廉淮而衡西神
甘泉之颯竦兮骨楊馬以齊鳴適帝爲之無嬪兮
謠灑兆而揚青兮騁駕而進兮亦余中於周京蒸
維金庭之鍾英兮余實耒乎修貞奉甫脩之美瞻兮

廣陵

山人

兮非人不立斟兮酌兮非道不適孔何爲兮擊石禹
何爲兮背門念群聖之焦焦兮感憂世之屯屯余聖
人之徒兮夫何敢以荒寧省兩間以辨六氣兮神飄
飄於太清棄雲霓以上征兮先牽牛之逸駕躡斗柄
以望春兮驂群宿乎揔化馭蒼龍以東遊兮拆扶桑
以鞭日觀岱輿之浮沉兮釣六鼇而取逸驫返車於
瑶池兮飧金桃而成丹策畢兮以南巡兮窮炎海之
所際祝融爲余前馬兮回日駕以北御載逍遥於北
溟兮見鯤魚之初化浴天池之氷雪兮時適際乎炎
夏挽天綱兮執地紀妙陰陽之玄微余欲效鄒衍之
吹律兮贊元氣於海隅補部護之闕章聊試歌於南
風亦七政之餘化播玄德之雍容世方比周而附和
兮羞厭老而好少謂黃鍾不如瓦釜兮徒窮居而鮭
喋鳳皇不克爲媒兮鵜鴻不足爲理慨蛟龍之不乗
時兮終自同於螻蟻兎爰爰其網空兮鴻下從而離
之彼孟姜兮無家羞獨嫠乎戚施欲申申其致情慮
邅邅其見疑苟乗車以濟川猶緣木而求魚余思羲
皇之上世兮復夢寐而索之邀列仙於鄭圃兮弄漆
叟之玄珠免艱虞之曽曽兮寄浮生於蘧廬苟無害
於同懷兮曠百世而見知亂曰世渺渺兮無知音路
坎坎兮愁予心善曲眉兮徒自嗔榮華落兮寡相親
榮兮辱兮余不聞愛兮憎兮身後分

哀相逢賦

於陶唐之神化兮奚泛觀於側微暨殷賊之多士兮

尚夢寐而營思諒昊天之生民兮美則選而姱奇擴
帝圖之群工兮孰得而繆居鳶得風兮載飛戾天魚
得水兮載潛九淵衡得權兮制千鈞射得機兮臧則
穿肆王良之善御兮復有資乎銜轡雖公輸之巧鑿
兮焉鄧材之先棄重九章之絺繡兮功始蚕於下女
美冠玉之陸離兮恒泥沙之見取釋匏土以矯音交
琴瑟兮虛張却鹽梅以造羮珍百甕兮奚臧爛球琳
以盈室尚芝蘭兮益芳彼藥籠之多材進參苓兮益
良苟田夫之匪才殷后焉取何屠肆之老叟爲周尚
父伊敗亾之纍因越齊卿兮相國刲刑餘之客暨尚
批亢兮克敵是知魏魏者資卑穆穆者親哲自古爲
然於今尤烈嗟彼蒼之生人兮獨踸踔兮後時蹇予

中之孤介兮趨皇皇兮失期及余年之方艾兮多馨
香之美節服衆荃以效芬兮指冰雪以旌絜冀靈脩
之見恍兮俟佳期於昏黃亶孔鸞之善妒兮俾鴐之
以鴻鶬豈靈鵲之輕喜兮使九反而無常釋貞女於
幽閨兮先姚冶之姤粧折瓊枝以自娛恒內眷以悽
愴掩翡翠之秋屏兮泣蓓蘭之佩裳老冉冉以日至
兮染紅顏之氷霜見月出之皎皎兮徒悲歌於夜長
信候鴈之遲歸兮桃李落而成實泣石蘭之多寒兮
儵回風之感廚發食渴兮飲飢夜遊兮晝匿主人出兮
客來歸嗟相逢兮恒不得亮枘鑿之不入兮秉厥初
兮彌豎反前脩之玄境兮遊吾性之鈞天苟天聰之
不降兮雖卬角而誰聞惟下臣之無命兮徒流涕於

小降兮雜中庸而靡開準下臣之無命兮痛流涕於
兮彌留反前修之兮竟兮遊吾生之鈞天兮始天聰之相
客來歸望相逢兮恒不得亮物繼之大不入兮東顧相
像回風之徹追兮含渴兮發欲從兮書匪主入出兮
信侯征頹之迷歸兮福桃李落而成寶泣石闌之淚與兮
兮紅兮集之夫木霜見日出之敗落兮從非殿於夜長
幽閒兮篇先之秋年兮泣蕭之綴佩以袪井井以日至
以調兮蓋靈之合之事兮拊析蘇發兮以自接恒內以嫣
以見消兮蓋靈之期於皇黃咸兮反而無當節之貞女於
之見之兮侯往期於以咸兮黃兮指水雲以消異靈修
者之兮美節兮眾以皇兮失期成今年之文兮發
中之衆今兮圖皇兮失期及今年之文兮發

林泉集卷三　二

然於今之烈欣兮奮文之土人兮衛遊既兮後時寒
桃花兮究滅是知綺者兮卑穆清觀指自古爲
父伊殷忘之蘖因北郊卿兮相國刑餘之客豎尚
良苦田大之匪木殷后高取何居者以學之史爲周尚
以盈室尚虞兮謂益芳故藥離之多材進要參名益
零叢兮王虛漲柳畔兮以流芬造美於百靡兮異微以灝珠林
美盈王之陸轉一恒流之見取釋鮑土以籀音文
兮高游林之先草一九之見篇兮功始委於下女
字霜王良之音衡兮貫中衡鏽雖公輸之巧藝
借水兮軌淆九淵衡得權兮制下鉤身得機兮嚴則
帝圖之群工兮雲得而終居鳥得周兮載飛兮天魚
尚樂斧而嘗用語是天之生民兮美則選而等所擴

重閤襲楚珍以待聘兮衆方進乎燕石如齊王之不好兮徒欵門而鼓瑟滋秋蘭之素烈兮浣芳蕙之舊質選好脩之朋儔兮飲申椒之玉液流厥芳于後昆兮無寧溘死於草澤亂曰井渫不食求王明緑衣黃裳心不平单衣至骭歌成聲萬物芻狗奚重輕歛爾葆光兮無搖爾精

仙山賦

馳藻思兮何間關構圖繪兮非人間將神遊之慌惚兮抑倒景之曽攀山莫妙於九疊屏風又九九而無窮水莫妙於三十六曲又曲曲而逾通示白雲之懸路兮叩靈關而莫從但見山産不凋之木地茂常青之草桃李榮萬年之春羽毛翔不死之鳥岩幽幽兮葉飛洞聒聒兮泉鳴非金膏之餘液則瓊樹之弱英雙朱楯以爲門忽青林之隱隱覽黃金之高牓因碧霞以發軔彂乍升而乍降徑或浮而或沉非鸞乘而鶴跨抑步虛而躡清玉石爲棧兮往來自易青雲爲梯兮出入自輕秀木踈而復密石壁啓而復合樹結柯交蒼龍飛越積雪爲膏碧火明滅靈猿蔭於寒條珍鳥宿於貝葉鑒寒潭兮心空拂山光兮情悦白鹿引偓佺之車玉兎開仙娥之闕或蹈翡翠之巢或載虹蜺之轍雲悠悠兮路長岸縈縈兮屢絶或懸空中之梁或設平步之杠神惝怳於水蘺載宴息於玉房桂叢蒙寄蘭薄芬芳金隄曲逆竹林清凉烟廊霧閣雲帳翠床冐碧瓦於山椒羃朱闌於水傍飛泉出於

蘤末紅葩煥於幽窓於是安期羨門之徒乘紫鵷鴐白鵠拾瑤草采翠華拂烟光而容與步明月於金沙既邅回於溆浦遂釋近而即遠望白銀之層觀兮凌沓障兮宛轉峯嵯峨兮疊青蓮樹青葱兮生紫烟三神山兮起空濛十二樓兮縣珠簾日未出兮珊瑚明涉冬春兮花木妍榮神駟兮躡光景放靈槳兮花間船入閬苑即仙居甜憩靈宮臨瑤池於是素女開牖窓妃上樓鈞天奏於別館神籟發乎中洲載雲旗以往來乘淸氣以遨遊水閣則金磔蹣跚雲闥則綺疏綢繆蘭堂兮貝室蓀壁兮蕙惆金鋪陸離璇廊洞脩星比交玉几之光球琳鳴甲帳之勾出入歡護仙侶道儔鳳凰銜燈於玄夜蟾蜍納月於中秋冬居則光風

轉蕙夏處則瀑布爲幕布玳筵舉密勺飧六氣兮飲流瀣服玄醴兮進勺藥鼓金簧弄玉龠檀吹流霞光落纖阿舉兮橪芬揚玉汗生兮異香薄瓊漿徹兮回霓裳華燈陳兮歸洞房窺王喬之靈龕啓赤松之冊牀愈入愈秘愈奧愈芳始知元化之道無爲之方冥冥寂寂其樂未央回視凡境一睇而渺茫於戲非得仙風道骨奚爲乎克躋其鄉

松厓賦

鬱差峩兮杳嶂偃蒼碧兮秀岩松喬喬以疎暢兮盤白石兮潺湲翳幽貞之善處兮友泉石之間間烟霞糾結冰霜薄蝕鼯啼猱嘯飛巢走息混寒色兮雲青歛暝光兮露凝天籟鳴兮千岩悽拚寒磵之泠泠孤

篁和兮秋月白鸞鶴群翔而下停伊高人之託興兮得形外以盤桓邁子直之丹谷浣孫楚之清湍上則絕壁磨青冥而晝暝下則玄磵伏古雪而凛冽幽人僊旅時來親切或箕踞而容與或搜神而授訣白鹿縱乎巖間文豹遊於阿堙爾乃臨清潭動玉酌發丹霓飧兮藥翠影落兮秋霞寒蒼顏潤兮羽衣約進千秋之玉苓弓押八公而教嬉弄萬古之瑶瑟兮送冥鴻而猷夷冬之燠燠兮瑷扉深葉青青而不凋夏慘慘兮石門斜蔭颼飀於亞條草玄經以卒老誦黃庭以逍遥

亂曰邠老不出鳳子銜瑞錦章燦兮爲巢父累寵辱不驚於君何媿

玉賦

楚王既受和氏之璧傳及次世青蠅頗多弗知用也召宋玉之徒問焉玉曰王之疑未決于玉何恤人言王曰寡人不負玉玉不充用耳玉曰衆楚人咻之王國之不爲玉者無幾雖欲親玉之德見玉之光不可得也使大王得親玉之德見玉之光青蠅雖多何患哉王曰可得聞乎玉曰玉德無朕至美無文混焉中瑩恍焉精明上含三光下且衆靈朗朗圓圓吐納休馨通不可囊遐不可捐使大王國壽而神凝俊烈兮聲未易狀名王曰美哉試爲寡人賦之玉曰唯唯夫何金石之元秀兮萃二氣之清淳始降脹于荆陽兮浸崑崙之玄精琳圜婆娑乎崕陰兮藍水從之竊榮

膏流乎千里兮故草木青葱美蕤繡葺珍柯扶疎結翠動風蘭薄朱房紛敷香叢藏筤篔簹伊鬱崆峒潤蕪乎七澤兮故水碧浮晶海月胎生紫貝明珠浮食江萍梢雲流渚異氣華汀林則鬱結秀層谷則盤桓譎韶凰鳳啣日於千仞兮挾孔翠而逍遥麒麟吐瑞於靈丘兮乗五色以翔翺朝紫紫兮起虹蜺夕皜皜兮祥光摇烏號乎不昧之木猿嘯兮長明之巢千岩火噴萬穴神焱泥生黄金石結丹青箭砂水銀房包而戸扃莫不雲液霞蒸陽伏陰呈飛華閟月反彩射星壤既敷澄蘊必景靈楚人以爲異也操巨靈邁荆棘排紫洞探地脉得之艱難以獻先王三刖而獲售王曰異哉秦晉無以比也玉曰氣潤精藏不耀而光

美淋温宗不炙而香栗然起懦粹然沮强火不能渝金不能傷蛾眉緑𥉂資借華芳能俾死者不朽疾者復康男子佩之則心和氣平五官昭融百度春春安車徐行案衍肅雍爲龍爲光萬福攸同婦人服之則孕秀胎冲厥生男子耳目聰明温良恵貞厥聲喤喤爲王股肱若誕女英蕊質而蘭心肌明而髮芬克配椒房鸞凰成文王曰用之柰何玉曰大王誠得良工而信任之盡其璁琢善其圭角排紫闥升玉堂朝諸矦臨四方重襲之兮芝函寵重之兮龍章尊之兮玉几奠之兮寶牀載璽載章載璧載璜支爲琮弁拆爲圭璋春朝乎明堂地闢天張萬國來王樂奏宫懸禮備纁黄拱執煌煌受賀無彊秋祀乎先王仰宗廟兮

抑抑止玉輅兮祁祁行以肆夏步以釆齊雝雝和鳴以疾以徐穆穆至德無聲無色承筐是將賓此玉帛大王乃舉萬年之觴咎百神之貺洞洞屬屬萬恐一失至於朝發信使夕達邦國合符準瑞和戎滅慝抑或徵求賢良旅幣無方降陟君庭交錯成章方是之時鎮我楚國寔生百祥若在杯竿和兮樂兮氣絜涓進蜜勺兮挹醴泉競芳樽兮觴四筵樂君王兮壽萬年或在琴瑟切縈彰兮絙氷索揚急徵兮騁清角聽平平兮啓君懷解憂愠兮神志廓故晝御則絲竹文畢夕薦則枕牀温凞調君膳食飾君戶楣神龍奪日寶瑞爭輝洞房宣室恍惚陸離晨處乎瓊臺三宮啓扉九嬪委蛇承憐順寵並燿齊輝莫不充耳琇瑩會弁如星鸞音鳳響丁璫戶庭晚憩乎瑤池羣仙接席環鳴珮擊莫不拊鳴球兮哀碧雲振香珥兮揚阿緆八珍九鼎玉府乎是出君王於是飲沆瀣服瓊液吸金莖保玉色應天象秉紫霞精神暢王度嘉賓瑞既徵福筭無涯逍遙乎有道之世澹泊乎無爲之家矧玆和氏名高三五價重連城舜不得輯武不得分顧出于王之左右將使懸纍緑結襪䫉裒蒐主盟之國歛手而來賓矣是名與實爾附身與國俱綿者也王曰然則朝秦晋果不足道玉曰在王之擇之耳

桐子池賦

昔闔閭以東馳兮駕伯通之靈橋襟龍街而西折兮合四滙之清渠出幽谷于市朝伏雅致于吳趨丘有

蘭兮山有椒靜綠圃于玄墟藹雙桐之頡秀兮循崕石以差池挺瑶節以凌空兮敷陰芬而襲户張綠蓋以互徑兮走碧柯而栖砌朝來鳳兮暮巔夕迎鸞而不去主人乃疏沃土鑿秀岩曲突爲池迅激爲湍潜通玉醴陽納春瀾山得之明潤木得之秀閑伊嶧陽之美節倏揚甤於清流跨通波而成幄蔭清暑以遨遊舟以消子釣以隱儔莫不望青葱而晨集得片石而晝留承葉露之奕奕褭玄飈之飀飀揚水條于炎朱愛三伏之長秋若乃茂龍門之舊榦廻翠標于朝湯鳴鶵條于峻嶧繁乳子乎高堂暝蒙莊于槁枝招列僊兮碧房或伐琴瑟或薦第牀栽以珪璋雜以貂瑠順金風以按節和碧雲而舉觴秋風起兮息鴈飛菊有花兮桂有香涉蘅皐兮公子歸懷佳人兮不能忘是境也未易具言

林屋山人集卷之一

林屋集卷之二

山人　蔡羽　著

閒居十首

言征南山阿顧念北山麓南山可採蘭北山有綠竹
鶬鶊既和鳴佳氣復郁郁斗酒勿愆期美人溫如玉
朝遊夕告歸風光一何促良會難具言與子坐明燭
遽暮花不舒仍寒草無色懷人理素琴圓景忽已昃
髣髴沙棠楫風程一何迷與子期朔晨倏過三五夕
札札鴛鴦機明星為誰織起坐不暫寧如此良夜極
青旗戢東郊四野綠以平春光煦葛覃黃鳥相和鳴
停車杭踈峰厲涉迴湍青陰條斂寒色陽卉騰朱榮
望望愜眞想反反欣服輕茲境適吾意形外無所營

顧眄屬曾阿蘭林亦頡頏柔桑方遠揚芳草忽已歇
驅車問東川川長不能涉冥寂山林路朝市何曠絕
渺渺四牡塵杳杳鑾輅音音塵難想像日暮愁予心
初見蓮葉圓又逢荷芰香花開望美人花落天轉長
兼葭歘夕暉野亭餘晚芳燭滅青螢流月出白羽凉
佳期多契濶良會生悽愴屬酒不能飲迴風牽素裳
耿耿當宵軒仰見河漢白莎雞振其羽虛凉漸相迫
美人東方來秉燭不能夕苦辭陳別離素志論疇昔
解爾明月采問我綠蘿石四海鮮知音千秋意難適
方秋謝埃鬱露白草復青虛遊歷曾曲水宿淹長汀
蟬鳴樹瑟瑟鳥滅霞冥冥方池展嘉月曲檻臨華星
朱顏不長佇綠酒難屢馨及爾良宴會舒咲野館亭

鴛鴦在秋浦促織吟朝霜行行候晨旅平旦陟河梁
河梁勿輕陟四野倏藁黃但見離親戚不見返故鄉
天陰雁飛疾谷暝猿嘯長昔我同遊人各在天一方
燃燭復陳絲玄夜何耿耿夜玄曲復長座上生悲梗
轉聽蟋蟀興起眄河漢冷萬物更代謝四運電流景
素女虛懷春烈士嗟渫井握手不見知勿訏高堂迥
入踐墟井深出畏霜露薄北風廻璿臺眾籟生哀壑
懍懍寒士悰英英雪交落耕田不謀富卜隣無相託
豈慕踰垣高恒慮出門錯出門一何遲冬々陰待朝曝

冬々涉四首

朝風鳴枯條愁陰結昏旦輕舟犯河凍乘朝策高岸
後徒俱揚塵臨祖不遑爨雈葦竟兩涯盤沙起鵞鸛

出客雞早鳴爭門馬行亂重經陵谷改再到毛髮換
未同阮子悲尤多長卿倦飛蓬逐飄風常懷千里歎
南車不暫停北馬何蹌蹌相逢論前路不論曾持粮
将軍慕遠戍俠客輕家鄉萬里若卧內況在父母傍
書生一何弱憑軾生悽愴
見日啓雉門出疆迷霧白蕭蕭踰西山悠悠念東陌
初程即踖氷累霜把枝策青野紅酒樓兩歲三作客
孤燈雈葦間烏啼不能夕四海一囊書行行竟何適
羯鼓悲陰風戟枝結氷花相逢雲陽傳行旅亂如麻
茹霜話辛勤攜手生咨嗟丹田老白朮石上餘碧霞
荒蕪欲何待劒匣長天涯

志內三首

曳泥終無累縣解不受开能開玄室光常得遊廣庭
夕月玉鏡白朝花芙蓉青光景不自愛嗜好失性靈
陰陽何荏苒蘭卮屢初馨徵和暢玉色夕醉朝已醒
君愛南山磵予樂北郭垌堨來從所之杖屨時一停
人事無終極天命不可知今我不為樂歲月徂難維
奮庸非無情失身先自危旋踵免憂辱退步有餘基
皇王庭中事許尚豈異岐顧念一泓靜入表常無涯
萬境豈云迂本在一扃裏紫皇崑玉色靈光何處起
巍巍示馨烈燦燦成天綺得者不為多失者不為褫
圓景於人宜悠然出秋水良辰啓予户醒醉不由已

志外三首

生受明主知紅顏遊舜廊吐氣干雲霄顧盼承輝光

重重侍中貂累累金銀章出入青鎖闥托籍椒蘭房
恩多不知榮意極生悲傷青葱玉階樹不能待秋霜
列第長安中累葉金門籍竹帛多功名父子俱定策
徃日一何榮來日轉不懌將相倘來物棄擲何足惜
炎涼轉相傾雖也勿怨澤昨日魏其門去作武安客
經生與策士其究當如何斥鷃借光景騰踏上高科
却笑五石樽不解從江河春叢下冰霜談笑與干戈
欲令兩姑喜空致婦頻磨回車避封豕日暮岐路多

把酒有懷寄文子徵仲

芳園閟嘉木吳景鳴禽喧曉月沉西池忽復臨前軒
蘭卮懷時指氣壹不能言迴飈吹我衿起坐衣幡幡
玩違怨參宿興滅猶旦昏逝歎三朞淹闊望恒軫寬

荷氣浮朱房熠燿集青蘂季夏非長寐耿耿至曙屯

放舟城隅遂適西山

朝程發東隅秋思結西麓親寮示款期佇望未能速徵橈泝蘭沚肩輿卧林木猨巖多峭奔踰嶺曠平陸畢谷與陰霞高花散微燠連嶠鹿方車對戶鳥分竹久卽予誠歡謀歸生煩懊契遠獲眞境寡愛形不戮

越來溪

越來溪光常浥浥遠接吳江混寒碧暝鍾未起秋霞飛坐眺無如茶磨石越來溪上多遊人香車寶轡俱生塵桃花妬紅芳草綠三月來尋曲江曲春花秋月無盡頭朝來暮往何時休吳臺越館今何在蒼烟碧石俱含愁我來八月露氣凉常從雲端開竹房溪山一卧便十日形骸爾我渾相忘沙明鳥白柰不得況是長橋菰米香

姑蘇臺

夜有吳題月朝有出棟雲高臺佇歌舞羅綺何紛紛吳月常從越山起越花卻種吳宮裏眼前不盡西子歡安用窮觀三百里興亡不自由春草生銅溝惟有橫山色空帶蛾眉羞香寃想像朝雲廟綠泥鈿斷金燕頭朝雲滅金燕冷夕陽滿地青楓影

浣沙女

浣沙復浣沙沙水清見底水中芙容花常與妾爲比妾顏比花丹妾心比水寒風吹沙中浪花落霜漫漫羅帶雙鴛鴦結束玉臂單一心爲寒衣行坐忘艱難

羅帶雙垂畫帶束玉宵[illegible]一心[illegible]衣[illegible]
溪頭沙上花開[illegible]水東風吹沙中波浪落[illegible]
浣溪沙[illegible]沙水清見底木中芙蓉[illegible]

浣溪沙女

燕頭貞朝雲滿金蓮今夕隱滿地青楓影
橫山色空帶斜橫香高想像朝雲廟綠浣金
藏安用潮三百里興亡不由春草生嗣滿雖有
吳王宮從此山河越花徐種吳宮東眼前不盡西子
從有真觀月朝有出棟雲高臺佇歌舞羅衣何紛紛

姑蘇臺

吳王橋下木香
一日東十日[illegible]沙[illegible]爾[illegible]相[illegible]明鳥白[illegible]不信況

[illegible]

石頭今夜秋來入月霜凉常從雲歸開竹深山
鐵盡頭朝來春[illegible]何時[illegible]館今何在[illegible]
生[illegible]花[illegible]紅[illegible]草[illegible]三月來[illegible]曲江由春花[illegible]月
[illegible]明[illegible]石[illegible]木[illegible]多[illegible]入香車[illegible]
[illegible]來[illegible]半[illegible]吳江[illegible]未[illegible]

越來溪

久[illegible]歸生酒[illegible]大[illegible]道[illegible]不[illegible]
[illegible]合與[illegible]車[illegible]鳥分行
微[illegible]間[illegible]木[illegible]請[illegible]千陸
[illegible]東[illegible]秋[illegible]西[illegible]中[illegible]未[illegible]
[illegible]山

何[illegible]木[illegible]夏[illegible]

續只六趣

層欄轉重疊畫橋何曲折物華冠中州冠帶服胡越遠高州來風亦執言公業謌謌南州士煌煌鼎台列雄劍常宵鳴紅塵夜不滅紈袴白鼻騧通都萬軫接姑蘇高臺荒伍胥精魂結但聽清且嘉亦聽悲且烈

奉陪太傅王公練濆之舟二首

山曉鐘宜冥石門樹歷歷餘霞蒸初陽微颸轉孤鷁水宿凌晨光境絕欣所適回纜抱長川樓墟踐空壁古人練兵處滄洲長長荻冬曦娛公旌萬壑盡昭拆逗舟網罟村假楫陽烏居山從鏡心廻木接海表虛羽族憐琀華公行亦觀魚緣霞興悠悠度木行徐徐已吻形骸外獲奉談塵餘謝公從遊徒曳裾容散樗

祥公話天目山

山僧荷衲眉滴青蒼籐卓地鉛作聲芒鞋踏遍天邉山白雲擔出人間輕自言尋師一百日月磴霄梯盡歷越路窮不聞啼鳥聲側身曾穿虎豹窟天目高山何處起脚繞臨安五百里諸天鐘磬虛無中秋霞冬雪迷禪宮朝箱忽自淵底來夜燈却在空中紅風高六月木不解胡孫啾啾崖谷晦春無桃李秋無菊惟見天花發光彩我思越中多異峯擬折天姥青芙容錢塘隘海天目聳聞渠一話心憧憧他年借得飛龍杖還覓支公殘雪松

春盡虎丘

日日憂花謝開門緑已齊煖舒雲外服靜轉樹中梯

日日愛花湖開門綠已齊漫將雪外限轉樹中啼

春盡發雲松丘

林壑真文公日樂閒津一許心懷僅地千情得飛龍

欲峰臨海大日擇技中多用出華擬折天然青芙蓉

見天花發先生於思趣中岸合卿春無堯李秋無菊雅

六月木不解胡孫啾啾自淵來夜燈却住空中紅風高

雲向採提朝縱露安五百里諸天鐘聲遊無中秋霞冬山

壓越路擔不聞師息聲側身留客將遙天日高山

山白雲捲出入聞輕自言蒼師一百日月珍霄帶盡

山僧搭衲相福青藤原地給作聲中鞋蹋遍天邊

祥公話天日山

一黄梅戊公

已巳形勝外復奉談理餘謝公從遊孫曳語今散碧

祖庭禪與華公行弦觀霞奧夜夜要本行徐冷

逗奔繡古村假湖見君山從鏡心迴本按海表底

古入溪兵處澹境長收所適回變公萬松塔照挨

木宿交眞光在門擬所薦擬有嚴川投遊空燈

山嘯鐘宜具石門擬遊餘蕭辦陽嚴興取謠

奉陪太傅王公練讚文舟二首

姑蘇高臺莫延君精魂結恨清且嘉水驪悲且烈

雄劍常消鳴紅塵夜不滅純陸白鳥通都萬變接列

遠島洲來風介軌言公業聲謝州上島湟游台列

會聞轉重疊畫橋何由作勢華從中州冠帶服胡越

續呈八遍

泉香近丹井山空聞碧鷄年年春易去列籍俯廻溪

諸友泛舟石湖還次治平

水氣連山靄晨遊夕未窮烟中懸磵暝天畔躡雲空
新月在潭底百花燃鏡中竹房禪榻隱處處愛山翁

發胥口達包山

秋水連空鳬鶩長滄洲菰米飯初香地寬不辨帆来
影雲起遥疑石上房青壁常含芝草秀朱包新染橘
林霜年年佩劍嗟游子莫咲南山豆盡荒

同彭子寅之上方西磵流觴

峭壁連峯開碧壇遊人於此解衣冠千松架日岩房
秀百道飛泉午殿寒香土不須如意遣炎天還有白
蓮看要求恵遠流觴處直枕藤蘿好恣歡

暑夕

三江收暑雨晚戸得新蟬月出留人久筵開向水偏
桂颷薰緩酌松籟間疏絃白鳥去不返沙明空素蓮

山居二首

落日坐樛木呼人掃緑苔泠泠懸磵雪隱隱隔峯雷
林鳥時交語岩花晚獨開南山四時翠莫放掌中杯

隨雲度隴首不知谿谷長好鳥入林喜飛泉過竹涼
銜杯待暝色舉手接烟光昨日携琴客重来安石牀

閣曉

殘星流曉幕花露泫平臺雉雊春桑緑魚游玉藻開
火龍南岸果香摘北林梅掃閣推窓戸携琴客不來

七夕

天象秋來近明河當戸斜不須陳桂席聊共折荷花
凉已多金氣香疑飄露華鵲橋如可指乘興一浮槎

野興

落日愛人影鳥鳴山谷長逢僧溪上月飲客竹間床
得雨瓜先落迎霜橘早香開門三萬頃隨意釣滄浪

與客至林屋洞

方丘茂草濕五月入溪寒古洞仙媒引丹床法火觀
誰嫌靈迹隱我愛石樓寛袖得長生術常將鍾乳飱

讀治平下院

水房虛繞竹石壁細生霞冬入經深雪春歸盡落花
磵香來白鳥草緑鬪新茶久與交游隔空踈類佛家

秋日

下阪人離嶠朝原鳥厲空江輝混遠碧林影間踈紅
竹宇新開小花房舊訪同青崖有石髓杖策向穹窿

元和道院

秋光道院早雲氣午堂凉向竹開金笈緣桐砌壁房
種芝丹洞小放鶴碧空長不減芭蕉緑偏凝虛室香

八月二十二日與諸友過東禪二首

已候東林磬仍追緑蔭凉波光迴佛地樹色宷溪堂
坐訝樽中翠行憐屐齒香日沉初夢醒黃鳥弄幽房

廬山月未起座上白蓮開已識遠公操何妨謝客來
秋風動溪籟蘭氣發山杯片石難將去煩君護緑苔

凉邸

欵欵白雲秋睡熟萋萋碧草夕空長窓閒殘果啣鸚

鵲花下繁弦切鳳皇送客常憐白門月著書難杰茂
陵霜丹楓日日催歸思聞道蓴絲早更香

宿半塘寺

火度青槐雨蛩吟碧岸凉停驂游上剎響屧借虛堂
待月生松際攜樽裛桂芳江湖來鴈早五夜度微茫

朝霽

一雨忽朝霽千林生白烟黃花初送酒紅葉巳飛錢
掃榻竹中石洗頭雲竇泉高樓鴻去遠目斷蔚藍天

秋盡

短褐漸凉冷荒徑草斕斑搖落秋光澹蕭踈物候還
鳥猶啼翠竹雲不盡青山但勸東籬酒黃花日日閒

新秋

黍稷方華候梧桐乍落時坐看青草變卧有碧霞思
螢疾經樓數蟬凉抱露悲清商聲巳發石畔理朱絲

初返山居二首

瑟瑟葉何遠冥冥鳥不還門開千仞壁水護百重山
採得霜逾紫移來菊尚斑今朝雲嶠闊高處看塵寰
不見赤塵起初依碧霧虛鳥猶疑劒履葉忽滿琴書
始覺忙爲醉誰嫌倦是踈巳開千礀雪樫梓煦冬墟

谷口

天寒菊花少山路客衣輕田後空雲影霜清聞葉聲
雞豚元不改猿鶴自相迎谷口開門僻風茅與榻平

城南諸寺

三山潮惧客南郭佇征鞍桂藹迎秋發松陰結晚寒

安琴青澗石陪塵白雲壇莫佐鍾聲促常依得自寬

大雪因感　北狩

朔方既開郡陰山盡歸附雲中列板屋不俾邊氓露王人舄西邁師干涉寒沍璃花結轅門飛片楊太素主勤從官憂天行萬方怖留田單于臺耀武呼韓部功德豈不偉忘隄匪王度頓言備藩盾旋風肅　神輅

春朝

磵香泉脉細崖古紫苔深殘雪封萱草空園變鳥音朝陽到素幌鼙鼓散春陰故里逢新序翻驚游子心

從軍三章

四牡何騑騑小戎花間出良人執弓矢不能顧家室

楊園葉未黃是君發家日借問幾時歸長條易蕭瑟公孫好功名王事何時畢

青羌與白狄春戰常連秋黃雲失紫塞烽火暗隴頭一日如三月三月其奈愁鴻鴈日南飛明月日西流清光不可附帛書安可求

自君之出矣心亂首局曲不聞莎雞聲忽又過秋菊織得數行書無由寄板屋十月露王師誰着鐵衣宿迢迢玉門關不能送雙目

川上

繁華一夜雨寂寞滿川萍煖氣歸楊柳春聲亂乳鶯玉門千里恨錦字去年情鏡裏雙蓬鬢應添雪數莖

春館

青綺門前柳朝朝變鳥音遊車自昏旦霧館雜風陰
草際天難到霞端澗可尋陽春在古瑟未易寫孤襟

客夜

淒涼落葉聽猿夜蕭瑟空江吹客衣秋思可憐明月
好山人不共白雲歸多吟短句知才拙懶曳長裾與
世違鏡裏霜花曉明滅景陽樓外夢魂飛

閶門城樓

吳苑已多樹高臺聞急砧千秋開國意落日一登臨
南去帆烟亂西來秀色深不須孤角起把酒思難禁

天平山謁范公祠

春山杜日鳥嚶嚶父老鄉香忽滿庭西北風雲遺廟
貌邦家忠義仰儀刑陰霞細護碑文綠靈谷常籠竹
樹青玄酒一卮心不死海空天濶鳳冥冥

寶劍歌

寶劍在匣光不滅銀花皎皎繡成雪有時長鳴思飲
血逾千年兮刄不缺五霸更盟七雄裂功名從前不
可說娬媚尊前借一剜醉中嗚嗚口堪吷揮落動日
月聲價傾名都龍額豹尾黃金塗精飛淚泣照珊瑚
秋霜未落寒影寒神鍔一奮壯士呼抹流電瞬離朱
星光九點湛明珠左提右挈誰與俱騰江湖紫牛斗
行逢漢天子千載一驤首銜靈覲龍光上賜紫絲綬
穿青雲兮入重九頓挫乃在萬乘手際遇亮匪易酬
恩報主身何有戮鯨鯢兮跨八極揮指胡粵妖祲息
崇平洛宴野無棘尉陀綏綏單于折翼萬乘高拱永

無慝歸來奏未央功成不受職頤令四海常晏清清
廟丹書勅功德

館娃宮

青山開玉館緑水帶長洲歌舞一夕散朝雲千載留
仰攀巖磴吳遥覓洞花幽楚棹赳闌促登高不自由

月二首

半壁初嚙嶠新輪忽滿光兔流寒殿影桂落禁林香
扇底青娥怨歌中白苧凉思鄉茂陵客為爾久停觴
入簾猶冞冞度柳故低低輪滑水欲滴鏡明心不迷
花開鳳死比人在玉門西萬里遥相望其如猿夜啼

與陸無塞宿資慶寺

空壁聞啼鳥雲深洽、石房春隨落花去人自採茶忙
葉暗翻經室泉虛點易床陸郎谿壑主假榻久何妨

下方寺

清溪冞抱碧山幽下馬尋僧寮逗留半嶺緑苔荒殿
合一湖香水白蓮浮微茫漸覺霞生壁蕭瑟空聞葉
有秋千歲斷碑無字讀沙鷗來處日悠悠

林屋洞

飛沉出秋鏡逸軫凌傴區巖月嚙半規林霞襲芳襦
靈關叩玉堂異界覓瑶樞含真如有遇懷遠将焉須
神人多岫居執手程豈迂阿窓亦縣緑壁柱尤膩膚
白鴉飛滅燈山鬼能吹竽冥冞巴陵道緬想黃金凫
羨爾玄玉膏一飲叨仙俱銀房與石室靜嘯撫懸壺

觀海

炎州諸華潤海島珍樹綠秋潮駕天輪倒流隘百谷
吐吞何包周委輸常不足神山湧鰲簪返照動銀屋
盧敖去我近濱洲許遨宿水若信清道衆怪亦藏族
弱流平如練瀦淵送遥燭晚發遲明月旋艫一葦速

孟冬

玉衡旋危次郊野氣肅烈行人指故山昏曉不停轍
旅皃容易驚長路多周折誰謂金馬門不如崆峒穴
迂遠非時才寒姿不利熱長揖侯王前偃蹇得無拙
藹藹松菊香繞我岩下雪鑿得紫芝旧毛裘尚堪挈

與徐士瞻宿青白河

芳草天邊暗春江樹杪來黃花開繡陌白鳥下青苔
未盡同舟意聊酬看月杯三峯黛色近不柰曉程催

吳門雜咏四首

綠霧丹霞人面花水聲猶送七香車啼鶯不斷宮前
路說是吳王舊館娃
錦帆寂寞駕湖非山色含顰自落暉莫道千秋無勝
事白鷗猶拂畫欄飛
已過秋浦芙蓉約懸望巴陵橘柚書山渌水殿獨來
往日日黃花坐竹車
曾傳雪後迎春韭未折江南破臘梅悠悠草色逾冬
綠昨日河橋數蕚開

秋夜別友人

秋夜何沉沉風動玉樹林何人賦搖落曲盡愁予心
花開白石巖葉落青銅鏡月下送行人悠然發長咏

江𤁎一萬里留君過今夕有酒不能傾安用秋月白
莫賦鸚鵡洲多才竟何益但願無風波扁舟任吾適
頗聞洞庭野天籟能忘憂豈乏浩蕩懷能作瀟湘遊
南菊日夜黃霜蕪尚餘綠有客知我琹清夜奏古曲
會得本來心無得亦無失明晨人間事今晨詎可必
但飽雕胡飯高眠待日出

冬日

𥩈𥩈霜花城郭曉蕭蕭鳴馬不堪聞楚天秋去留紅
葉蜀客琹虛待白雲塔畔石房三度徙竹邊茶竈兩
年分樂遊園上鍾山石常與飛鴻送夕曛

逢九江劉子說廬山

劉子能言廬嶽勝令人飛䰟到丹霄百重翠鎖山迴

顧千尺紅泉地動揺竹林虛無人代久香爐縹緲夢
中遥寄巢定在啼猿處不待花開惠遠招

虎丘山房

去滌厓端茗無如竹裏人妙尋身外境暫浣目中塵
好樹偏臨水餘花似逗春風烟步步足欲别轉逡巡

暮春

萬里月當戸郵亭花滿枝行人花下發短笛月中吹
坐覺春光損頻驚斗柄移天邊芳草緑愁緒細如絲

煑七寶泉

玉音丁丁竹外聞瓊淵青空出樹根脂光栗栗寒辟
塵氷壺越宿長無痕碧山無鷄犬車馬不到村支公
三昧火自閉桑下門東風細落巖畔花煎聲忽轉羊

腸車建州紫磁金叵羅錢塘新揀龍井茶瓊液津津
流齒牙相如有文渴陸羽無宦情相逢開士家七椀
同日傾茶爐若過銅坑去石上長罌仔細盛

天平山

有峯天然奇發彩自融結椅梓交秀森陰潭歷清徹
及兹宴暇辰獲奉親昵轍逝遵陂陀阪爰叩阿與垤
絅瞻范相祠道迴風烈烈斯人義千古豈惟一世傑
形疲心益強眼明晝飛雪願言謝衣冠樵蘇寄巖穴

秋懷

江花歲歲見　帝里又逢秋摇落眞無賴悲涼不
自由行行傍螢草泛泛逐沙鷗正是霜飛夜呼童理
敝裘

古離別

青青河邊柳蕩蕩遊子情憶昔上河梁攀折送子行
子行豈不念輕此疇昔盟房前秋草青房內虫絲縈
三歲坐空房相憐惟月明月缺還復生行子無返程
念彼同飄泊慙愧水上萍耿耿晨風懷日暮涕泗横

懷友生

冉冉春蘭花臭味予豈忘挺挺孤生竹可以同氷霜
中年多岐路相失各一方不聞歲規辭徒令夢寐長
今夕復何夕滅燭臨此堂歷歷河邊星仰聯轉彷徨
羨爾雙飛鵠不能借奮翔寄言勵明操夙夜流馨香

夏景卜首

樹色分青靄峯陰轉綠池岸明荷散綺枝亞果垂脂

掃石方無事停琴欲待誰相思隔芳草酒畔有黃鸝
梅子青彌望藤花白已多開門愁碍竹覓磴擬穿蘿
久負山靈待重尋石鏡磨一巖朝夕計何必問風波
江鄉臨小滿暖氣動蠡斯竹日陰初合荷風澹自宜
尊前聊共醉身外本難知物色朝朝變空然悲素絲
花潭望不極烟綺自連天鳧飛鏡裏雪女唱葉中船
油幕方虛寂冰衣亦爭鮮家家炊緑節放水灌青田
水上瓊瓏閣岩前翡翠房未明思避客玄朗自生香
松露坐來落蟬聲葉底涼豐年人盡樂予懶卧無妨
雨洗桐逾碧林蒸梅漸黃輕雷朝隱几高榻午焚香
觧褐形無累忘筌心自凉菖蒲花正發靜室有瑶光
緑烟隨雨減魚藻亦含情楚簟舒寒碧林蜩趂晚晴

客多蝴蝶夢窓柰石榴明逝傍南樓笛開樽待月生
水色連山色青苔寂寂深鶯鶯翻葉底猿嘯隔峯陰
有興乘明月無人拂素琴筆牀連夜冷雲闊渺難尋
葉嶼深深度花洲寂寂停鳥當潭底白螢落鏡中青
吹笛驚龍子移舟動客星珊珊溪上女月下賽江靈
曾經仙嶠路不畏夏雲迷紫洞泉香遠藤蘿晚翠齊
千岩穿榻冷六月抱霞棲白鹿相忘久嚙花繞杖藜

途次

酒畔楓何紫天邊客未歸潭霏猶隱隱霞月已輝輝
朔鴈初驚夢秋砧未授衣不禁沙路白螢火傍人飛

林屋山人集卷之二